孙子兵法

——第三十七册

上海人民美术出版社

浙江人民美术出版社

目　录

原文

孙子曰：凡火攻有五，一曰火人，二曰火积，三曰火辎，四曰火库，五曰火队。行火必有因，因必素具。发火有时，起火有日。时者，天之燥也；日者，月在箕、壁、翼、轸也。凡此四宿者，风起之日也。

凡火攻，必因五火之变而应之。火发于内，则早应之于外。火发而其兵静者，待而勿攻。极其火力，可从而从之，不可从而止之。火可发于外，无待于内，以时发之。火发上风，无攻下风。昼风久，夜风止。凡军必知有五火之变，以数守之。

故以火佐攻者明，以水佐攻者强。水可以绝，不可以夺。

夫战胜攻取，而不修其功者，凶，命曰费留。故曰：明主虑之，良将修之。非利不动，非得不用，非危不战。主不可以怒而兴军，将不可以愠而致战。合于利而动，不合于利而止。怒可复喜，愠可复悦，亡国不可以复存，死者不可以复生。故明君慎之，良将警之，此安国全军之道也。

孙子说，火攻的形式有五种：一是火烧敌军人马，二是火烧敌军军需，三是火烧敌军辎重，四是火烧敌军仓库，五是火烧敌军粮道。实施火攻必须有一定的条件，这些条件必须平常即有准备。放火要看准天时，起火要看准日子。天时是指气候干燥，日子是指月亮行经箕、壁、翼、轸四个星宿的时候。月亮经过四星宿的时候，就是起风的日子。

凡是火攻，必须根据这五种火攻所引起的不同变化，灵活地派兵接应。从敌营内部放火，就要及时派兵从外部策应。火已烧起而敌营仍然保持镇静的，应持重等待，不可马上发起进攻。待火势旺盛，根据情况作出决定，可以进攻就进攻，不可进攻就停止。火可从外面放，这时就不必等待内应，只要适时放火就行。从上风放火时，不可从下风进攻。白天风刮久了，夜晚就容易停止。军队必须懂得灵活运用五种火攻形式，并等待放火的时日条件具备时进行火攻。

用火辅助军队进攻，效果明显；用水辅助军队进攻，可以使攻势加强。水可以把敌军分割隔绝，但不能使敌军失去军需物资。

凡打了胜仗，夺取了土地城邑，而不能巩固战果的，则很危险，这就叫做财耗师老的"费留"。所以说，明智的国君要慎重地考虑这个问题，贤良的将帅要认真地处理这个问题。不是有利不行动，不是能胜不用兵，不是危迫不开战。国君不可因一时愤怒而发动战争，将帅不可因一时气愤而出阵求战。符合国家利益才用兵，不符合国家利益就停止。愤怒还可以重新变为欢喜，气愤还可以重新变为高兴；国亡了就不能复存，人死了就不能再生。所以，对于战争，明智的国君要慎重，贤良的将帅要警惕，这是安定国家和保全军队的重要原则！

内容提要

"火攻"，从字面直译，就是以火攻敌，但在孙子所处时代，它的真切含义是以"火"助"攻"。孙子在本篇中主要论述了火攻的种类、条件、实施方法以及发火后的应变措施。

孙子认为以火助攻，是加强进攻力量，夺取战争胜利的重要手段。他把火攻归纳为五种基本类型，即"火人"、"火积"、"火辎"、"火库"、"火队"；并指出火攻必须具备"发火有时，起火有日"的气象条件和"行火必有因，因必素具"的物质条件。孙子主张火攻与兵攻相结合，明确提出："必因五火之变而应之"，即充分利用纵火所造成的敌方张皇失措，不失时机地指挥军队发起攻击，战胜敌人。

本篇中还有一个重要内容，是孙子的慎战思想。孙子主张慎重地对待战争，告诫国君和将帅不要凭个人喜怒或一时意气而轻启战端；认为不论是战还是和，一切都要根据利益大小或有无来决定："合于利而动，不合于利而止。"孙子这一"安国全军"的慎战观念，迄于今日，仍不无重大的启迪意义。

战 例　**周瑜因风纵火战赤壁**

编文：肖　珊

绘画：叶　雄　方　慧
　　　甄　原　林　连

原　文　行火必有因，因必素具。发火有时，起火有日。

译　文　实施火攻必须有一定的条件，这些条件必须平常就有准备。放火要看准天时，起火要看准日子。

1. 东汉末年，曹操荡平北方群雄，平定乌桓，统一中原，于建安十三年（公元208年）七月，率兵二十余万，号称八十万，挥师南下，企图兼并荆州以至整个江南地区，统一全国。

2. 南方孙权，继承父兄遗业，占有江南六郡，军事实力虽不如曹操，但能选贤任能，发展生产，国力日强。孙权意在确保江南，相机夺取荆州，进而图谋霸业。

3. 刘备有政治抱负,但无固定地盘。官渡之战时,南奔荆州投靠刘表。刘表让他屯兵新野(今河南新野),后又移屯樊城(今湖北襄樊樊城),刘备乘机广招人才,积蓄力量,等待时机。

4. 三国时期杰出的政治家、军事家诸葛亮就是在这时被刘备"三顾茅庐"请入幕府的。诸葛亮为刘备定下先夺荆、益二州为根据地，同时联结孙权共抗曹操，然后伺机出兵中原的国策。

5. 荆州成了三方共争的交点。曹操大军南下，矛头直指荆州。这时，荆
州牧刘表新亡，次子刘琮被曹操的声势所吓倒，不战请降。

6. 刘备闻报大惊，自料势单力薄，不足与曹军相抗衡，率所部保护当地百姓撤向江陵（今湖北江陵）。

7. 江陵是长江上游重镇，曹操怕被刘备所得，便亲率轻骑五千，一昼夜疾行三百余里，在当阳长坂（今湖北当阳东北）追上刘备，败其所部。

8. 刘表死讯传到东吴，孙权即命鲁肃以吊丧为名，赴荆州打探情况，准备夺取荆州。可是鲁肃尚未到达，刘琮已降。鲁肃只得与南撤的刘备会晤，共谋抗曹。

9. 刘备欣然接受鲁肃的建议，派诸葛亮前往柴桑（今江西九江西南）会见孙权，共商抗曹大计，自己与关羽的水军及江夏太守刘琦二万余人会合，退守长江南岸的樊口（今湖北鄂州西）。

10. 曹操占领江陵后，水陆大军沿长江东进。曹操骄傲轻敌，自以为大军所向，势在必胜，于是写信恐吓孙权，企图迫使孙权不战而降。

11. 东吴内部主降派与主战派各执一端，相持不下。周瑜和诸葛亮精辟分析形势，终于使孙权定下决心联兵抗曹。孙权一剑砍下案角，说道："再有敢言降者，犹如此案！"

12. 孙权遂命周瑜、程普为左右都督，鲁肃为赞军校尉，选精兵三万，溯江西进，前往樊口，会合刘备的部队，共同抗曹。

13. 孙、刘两军会师，继续西进，在赤壁与曹操先头部队接触。

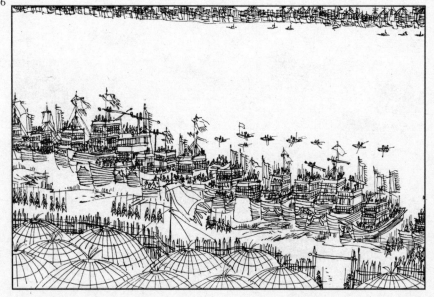

14. 此时，曹营士兵因水土不服，多有生病。孙、刘联军发起进攻，初战告捷。曹军被迫退回长江北岸，与周瑜、刘备的部队隔江对峙。

15. 由于曹军大部分是北方人，不习惯于水上的风浪颠簸，曹操就命工匠把船舰首尾连结起来。

16. 曹军水师列寨江北，樯橹林立，声势浩大。鉴于此，周瑜部将黄盖建议说："今敌众我寡，难以与敌持久。但贼军船舰首尾相连，正好可以用火攻击败它。"

17. 此计虽佳，却不易行。时值初冬，江上多西北风，若用火攻，反要烧着处于南岸的孙、刘联军己方船只。周瑜为此十分忧虑。

18. 周瑜在江边向当地渔民打听，得知每年冬至前后可能有东南风出现，大喜。命令部队积极而秘密地为火攻做好准备。

19. 他们准备了十艘艨艟、斗舰，满载浇上油的干草、柴禾，外用帐幕包捆。船上插满旌旗，加以伪装。

20. 另外还预备了轻快的小船，拴在大船的尾上，以供士兵放火后换乘。

21. 为了使火攻计划万无一失，黄盖写了一封投降信，派人送到曹营，大意是：以如今的天下大势看，江东要以六郡的兵力来抗拒曹丞相百万大军，绝不可能。今日归降，志在择明主而事……

22. 曹操看了又看，怀疑有诈。吴使极言黄盖诚意。曹操说："黄盖如果愿降，当授高爵。"吴使返报，黄盖大喜，转告周瑜，周瑜命令做好准备，待命出发。

23. 万事俱备，只欠东风。江面上依然西北风呼啸，孙、刘联军的将领们颇为着急，却又无可奈何。

24. 十一月的一天，南岸孙、刘军营中的旌旗突然逆卷，飘向西北。周瑜大叫："天助我也！"

25. 黄盖急忙通知曹操，待夜来降。当晚，黄盖率领早已备好的十只艨艟战舰，向曹操的水寨急速驶去。东南风劲吹，舰队行进极快。

26. 曹军官兵看见黄盖来降，都出营观看，毫无防备。

27. 舰队驶到曹军水寨不远处，黄盖一声令下："放火！"十艘战舰顿时火光冲天。

28. 东南风正猛，十艘战舰就像十条火龙，直向北岸冲去。

29. 火借风势，风助火威，天助人愿，只见烟火冲天，江面上一片通红。曹操的水寨立刻陷入火海之中。

30. 曹军船只首尾相连，分拆不开，纷纷延烧起来。水军士兵在战船上你挤我撞，争先逃命。

31. 火势越来越猛，迅速蔓延到了曹军岸边的营寨。霎时，烟火满天，措手不及的曹军死伤不计其数。

32. 南岸的孙、刘联军主力见北岸火起，便知黄盖已经得手。周瑜传令全军擂鼓前进，杀向江北曹营。

33. 孙、刘联军渡过长江，将曹军杀得人仰马翻。曹操由亲信将领保卫，经由陆路华容（今湖北监利北）小道，方才脱险。

34. 周瑜与刘备水陆并进，追击曹操直到南郡郡城（今湖北江陵西北）。曹军大败，既疲惫又饥饿，死者过半。

35. 曹操留曹仁、徐晃守江陵，乐进守襄阳，自己带了残余部队北撤。

36. 建安十四年，曹军在江陵屡战不利，周瑜占领了江陵。与此同时，刘备也乘机攻取了武陵、长沙、零陵、桂阳四郡。刘备遂为荆州牧，驻守公安（今湖北公安西北），从此有了立足之地。

37. 十二月，孙权为了笼络刘备，把自己的妹妹嫁给他，结为姻亲。

38. 赤壁战后，孙权、刘备乘机发展。孙权南取交州、广州，刘备西取益州，从此形成了三国鼎立的局面。

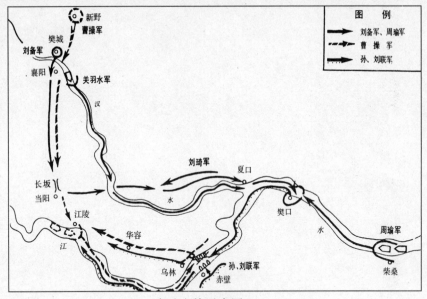

赤壁之战示意图

图　例
刘备军、周瑜军
曹操军
孙、刘联军

新野
曹操军
樊城
刘备军
襄阳
关羽水军
汉
刘琦军
夏口
长坂
当阳
江陵
华容
樊口
水
周瑜军
江
乌林
孙、刘联军
赤壁
柴桑

孙 子 兵 法
SUN ZI BING FA

战例 **潘美火攻刘铱夺广州**

编文：安　迈

绘画：戴红俏　戴红杰
　　　谭　冰　夏　肖

原　文　火发于内，则早应之于外。

译　文　从敌营内部放火，就要及时派兵从外部策应。

1. 北宋开宝三年（公元970年）九月，宋太祖赵匡胤任命潭州防御使潘美为行营诸军都部署，征诸道兵赴贺州（今广西贺县东南）集中，进攻南汉。

2. 宋军包围贺州后，南汉主刘鋹派部将伍彦柔率领万余兵马来援。宋军佯退设伏，在南乡（今贺县南信都）歼灭伍彦柔援军，转而攻下贺州。

3. 为了解除后方的威胁，宋军转而向北，攻取昭州（今广西平乐西北）、桂州（今广西桂林），肃清侧背；又东向攻取连州（今广东连县），使刘𬬮产生了宋军只是收复贺、昭、桂、连四州原湖南旧地，不会再向南进军的侥幸心理。

4. 潘美却又自连州长驱进至韶州（今广东韶关）。韶州是广州北部门户，南汉都统李承渥领兵十余万屯于莲花峰（今广东韶关东南）。

5. 李承渥军中有一支象队，每只象上面载十数名士兵，遇战则置于军前以壮军威。潘美侦知后，便采取了相应措施。

6. 战斗一开始，宋军阵前就集中了全部劲弩，对着象群射击。

7. 象群遭到箭射，顿时乱奔乱窜，把乘坐象背的士兵全都颠落下来，李承渥军也被冲得七零八落。宋军乘势奋击，南汉军大败，李承渥仅以身免。宋军遂取韶州。

8. 南汉主刘鋹闻报后大为惊恐，急派使臣到宋军军门请求缓师言和，不成，又派右仆射萧潅、中书舍人卓惟休奉表求降，也遭潘美拒绝。

9. 刘铁无奈，即遣其弟、祯王刘保兴率国内兵（即刘铁的亲兵）前往拒战。

10. 当时，南汉大将植廷晓和招讨使郭崇岳统兵六万屯于马迳山（今广东广州西），建立栅寨，依山绝谷，坚壁以待。刘保兴一到，南汉兵力就有十五万之众。

11. 潘美率领宋军兼程南下，进至马迳山，与南汉军对阵。宋军流动出击的骑兵三番两次向南汉军挑战，南汉军只是坚壁自守而已。

12. 潘美见状，就令宋军挖沟筑垒，自己深思破敌之策。

13. 从山上望去，南汉军营栅全用竹木编造而成，潘美因对诸将道："若攻之以火，敌军必定溃乱。乘此机会再派精锐部队夹击，实是万全之策。"众将点头称是。

14. 潘美于是派遣部分将士带着数千名丁夫，人人手持两个火把，从人迹罕至的羊肠小道绕到南汉军营栅旁，入夜行动。

15. 与此同时，宋军大营内也是调兵遣将、厉兵秣马，做好一切战备工作。

16. 入夜后，埋伏着的宋军将士、丁夫一齐行动，将上万个火把点燃扔到南汉军营栅之上。时值大风，营栅顿时烧成一片火海。

17. 南汉军被这突然袭击吓得惊慌万状，急忙冲出营栅。在栅外守候已久的宋军，在潘美的指挥下，发起了勇猛的攻击。

18. 南汉军大败，斩首以数万计。宋军打败了南汉军的最后抵抗，长驱直入攻克广州，南汉主刘铱被迫素服迎降。南汉遂亡。

战 例

曹彬火烧水寨取金陵

编文：庄宏安　陈雅君

绘画：盛元龙　励　钊

原　文　火可发于外，无待于内，以时发之。

译　文　火可从外面放，这时就不必等待内应，只要适时放火就行。

1. 宋开宝七年（公元974年）三月，宋与辽议和，以解除南征时的后顾之忧。九月，宋太祖命大将曹彬统率水兵、潘美率步兵，准备进攻南唐。

2. 宋伐南唐师出无名，就派遣使者到南唐，要李煜到宋京城朝贡，李煜
称病拒绝。宋太祖就以此为名，发兵进攻。

3. 曹彬临行，宋太祖对他说："进伐江南之事，全权委你处理。进军途中要严守纪律，不可劫掠百姓，应广树威信，待其自行归顺，不必急急进攻。"

4. 十月，曹彬督师从荆南沿江东下，顺利通过了南唐驻有重兵的湖口（今江西湖口），直抵池州（今安徽贵池）。

5. 池州守将弃城逃走。曹彬占领池州后，在石牌口（今安徽安庆西）用舰船试架跨江浮桥，取得成功，宋军连克铜陵、芜湖、当涂诸县，并攻取长江下游的军事要地采石矶（今安徽马鞍山西南）。

6. 十一月，曹彬将预制的浮桥移至采石矶，三日后桥成。宋大军从浮桥迅速过江。

7. 宋军主力渡江后，立即发起猛烈进攻。自十一月下旬至第二年正月，连克新林寨、白鹭洲和新林港口，逼近南唐都城金陵（今江苏南京）。

8. 金陵城池坚固，形势险要，加之有十多万水陆军防守，因而南唐后主李煜轻信谋臣"坚壁以老宋师"的主张，终日在后苑与僧道诵经讲《易》，不问战事。

9. 与此同时，应宋太祖之召，吴越国王钱俶也率兵配合宋军，从南面进攻南唐的常州（今江苏常州）。

10. 宋开宝八年（公元975年）正月十七日，曹彬的部队沿秦淮河进攻。
南唐军水、陆十余万，背城列阵，军容盛大，与宋军对垒。

11. 尤其是南唐水军，扼河而守，一道道栅门，十分坚固，给宋军的进攻造成很大的困难。

12. 曹彬命令暂时按兵不动，与部将都指挥使李汉琼一起在河边视察，
思考进攻的方略。

13. 时值初春，西北风正烈，宋军在河之西北，他们均想到了火烧赤壁的故事。李汉琼道："可惜缺乏内应。"

14. 曹彬说道："用兵之道，在于随机应变，以火攻之，敌军必乱，没有内应也一定能打胜仗。"

15. 李汉琼立即下令，要士兵割取河岸的芦苇，悄悄地装上了船。

16. 又命兵士在芦苇上浇上引燃的油料，然后将芦苇点燃，顷刻间火势大作，借着风势，火船撞入南唐军水寨。

17. 一道道坚固的水栅门均被焚毁，南唐军不防宋兵以火进攻，无不惊
慌失措。不久，南唐军的战船也开始燃烧。

18. 宋军乘机掩杀，南唐水军战死、溺死数千人。城南水寨一破，宋军直抵城下，包围了金陵城。

19. 宋军围而不攻，自春至冬半年以上。金陵城的居民连烧饭的柴火也已断绝，合城惊慌，李煜这才感到危急。

20. 李煜一面派人去湖口调兵救援，一面派使者前往汴京（今河南开封），向宋太祖赵匡胤请求罢兵。赵匡胤不允。

21. 湖口来的援军被宋军拦截歼灭。曹彬派人进城对李煜说："我所以
不即刻攻城，乃是爱惜一城百姓。你要早日归顺，方为上策。"

22. 十一月二十七日，宋军全力攻城，金陵城被宋军攻破，李煜被迫投降。

战 例　**侯景火攻失风反自焚**

编文：晨　元

绘画：陈运星　唐淑芳
　　　罗培源　陈奇华

原　文　火发上风，无攻下风。

译　文　从上风放火时，不可从下风进攻。

1. 南北朝梁太清二年（公元548年），大将军侯景叛梁。他利用梁宫廷内部争位矛盾，由临贺王萧正德作内应，于第二年攻下了梁都建康（今江苏南京）。

2. 侯景入建康后，逼死梁武帝萧衍，立太子萧纲为帝（即简文帝），侯景自为相国、大都督，操纵一切大权。

3. 萧正德恨侯景食言，没有按事前所约，杀梁皇及太子，让他称帝，便暗中派人出城，招兵入都诛灭侯景。不料密书被截，侯景命士兵将萧正德缢死。

4. 这时，在都城外的萧氏宗室兄弟，还在为谋帝位自相残杀。各州刺史也在各自扩展实力，竟无人讨叛。

5. 侯景见三吴（吴郡，治所在今江苏苏州；吴兴郡，治所在今浙江湖州南；会稽郡，治所在今浙江绍兴）之地物产丰富，又出美女，便派部将前往掳掠。侯兵每攻下一城，即烧杀、奸淫，无恶不作。

6. 侯兵将所掠粮食及妇女送往建康，所掳男子或充军，或贩运至北方为奴，剩下老弱病残就肆意杀戮。富庶的三吴之地，到处断壁残垣，尸横遍地，惨不忍睹。

三吳貴民聯兵討景

井州剌史湘東王蕭繹

西江督護陳霸先。

7. 侯景为扩张势力，便于篡位称帝，又四出攻城掠地，威逼诸藩。侯景军的暴虐终于激起南方军民的同仇敌忾，自发联兵讨伐侯景。各州刺史也相继出兵，共同讨伐侯景。

8. 荆州刺史湘东王萧绎是梁武帝第七子，负责都督荆、雍、湘、司、郢、宁等九州军事。梁大宝二年（公元551年）二月，他派大将徐文盛率军攻打侯景。

9. 侯景挟太子萧大器为人质，前往迎战，击败徐文盛，各军惊溃。萧绎急忙再派王僧辩为大都督，招集诸军迎击侯景。

10. 王僧辩率大军进至巴陵（今湖南岳阳），侯景已派太保宋子仙率军向巴陵扑来，便下令就地筑垒固守。

11. 宋子仙率一万兵为先锋，侯景率大军继后，从水陆两路向西攻来。

12. 第二天，侯军到达巴陵，侯景派兵诱降王僧辩不成，就下令强攻。

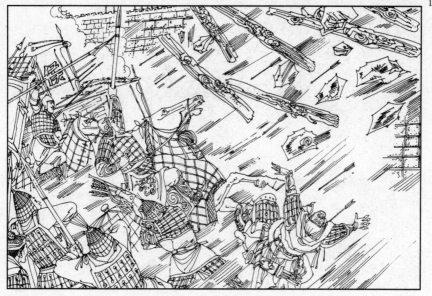

13. 城中鼓声大起，箭石如雨，击退侯军一次又一次的进攻。

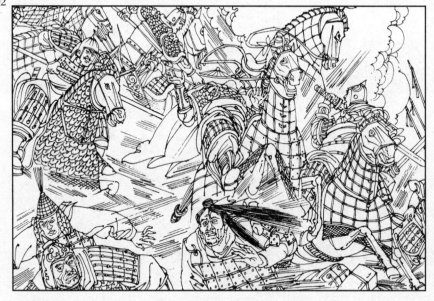

14. 王僧辩还不时派出轻骑，出城突击，都得胜而返。

15. 侯景暴跳如雷，亲自披甲在城下督战，王僧辩也身着戎装，吹号擂鼓巡城拒战。攻防双方伤亡都很惨重。

16. 萧绎又派遣部将胡僧祐率精兵二万，铁骑五千增援巴陵。侯景得悉，派得力大将任约前往阻击。

17. 侯景屯于坚城之下已近两月，巴陵城总不能克。战斗伤亡再加疾疫流行，侯军士卒死伤大半。侯景见陆上无法破城，就调集水军，攻击巴陵水城。

18. 洞庭湖上战船林立，侯景军用楼船猛攻水城。守军箭射枪挑，英勇抵抗，侯景军仍无法得手。

19. 这时，侯景军的粮道已被截断，如再不攻下巴陵，大军已没有粮食了。侯景气急败坏地喊道："烧，烧，用火烧！"

20. 侯景军士兵在战船上堆竖禾秸、茅草，点燃了推向水城外的栅栏。

21. 谁知刚才还是风和日丽，突然东南风劲吹，着火的船像数十条火龙，反向侯景战船队扑来。

22. 侯军慌忙开船退避，你挤我撞乱成一团。那些着火的轻舟，顺风点燃了一只只大船，侯军士兵纷纷弃船逃命。

23. 侯景军数万水师顿时化为乌有。侯景慌忙弃舟登岸，又闻报得力大将任约兵败被俘，胡僧祐军已逼近巴陵。

24. 这时，王僧辩率城内将士出击，侯景已无法再战，当夜焚营而逃。

25. 王僧辩乘胜追击，收复郢州。巴陵之战，侯景主力被歼过半，侯景不得已退守建康。

26. 侯景败还建康后，深恐不能久存，急于早登大位，于是杀简文帝，自称汉帝。第二年三月，王僧辩督诸军兵临建康，侯景力不能敌，仓皇出逃。王僧辩派兵追击。途中，侯景被内兄杀死。侯景乱梁之战遂彻底失败。